Copyright © 2021 by Hélio Yassuo Matukawa
Todos os direitos reservados.

Gerente Editorial
Roger Conovalov

Capa
Lura Editorial

Preparação
Daniel Moraes

Projeto Gráfico
Sara Vertuan

Revisão
Mitiyo Santiago Murayama

Ilustrações
Flávia Santos
Yukai

Impressão
PSI7

DADOS INTERNACIONAIS DE CATALOGAÇÃO NA PUBLICAÇÃO (CIP)
(Câmara Brasileira do Livro, SP, Brasil)

Matukawa, Hélio Yassuo.
    Curtas / Hélio Yassuo Matukawa – São Paulo : Lura Editorial, 2021.
300 p.

ISBN: 978-65-86626-78-0

1. Poesia 2. Crônicas I. Título.

CDD: 869.1

Índice para catálogo sistemático
1. Poesia brasileira

[2021]
Todos os direitos desta edição reservados à
Hélio Yassuo Matukawa
Rua Manoel Coelho, 500, sala 710, Centro
09510-111 - São Paulo - SP - Brasil
www.luraeditorial.com.br

PREFÁCIO

era 1º de abril quando recebi o convite para escrever aqui. "mentira", pensei. não era e, num misto entre gratidão e insegurança, comecei a escrever.

Hélio escreve com a alma, vem lá do fundo (dele) e toca no fundo da gente também. ele sabe como e o quê escrever. no momento certo. as palavras se encaixam e vão além do que podemos ver.

sendo assim, este livro é para você que tem várias perguntas internas de como é para o outro tudo que você sente e vê. é sobre entender que, para fazer amor, precisa-se despir a alma, não o corpo. para você que usa a astrologia para tentar entender o motivo de o outro não estar na sua vida. entender que o caos é seu e culpar o outro pode ser uma desculpa. sobre se conectar sem ter escolha, pode ser por um curto período de tempo — ou não. mostrar interesse e querer ser interessante.

DIOVANA MACHADO

Pensei que a coisa mais fácil seria descrever *Curtas*, mas a verdade é que até agora foi o mais difícil, pois ele me fez refletir sobre tudo que eu acreditava e me fez sentir cada pequena palavra aquecendo dentro do meu peito. Fazer parte deste trabalho, deste sonho, deste universo único e extraordinário deu sentido ao preto e branco dos dias. *Curtas* é a nuance mais pura da poesia em sua forma real. É a nudez escrachada de um escritor e suas palavras. É uma coletânea de pequenos versos que faz refletir com exatidão as poucas palavras que ali estão. Permito me perder nas páginas e nos versos que habitam nele. Aprendi a navegar por cada universo de palavras que ele me traz.

Flávia Santos

Assim como no seu primeiro livro, *Drops*, foi uma experiência agradável, divertida e envolvente, pois o autor consegue expressar diversos sentimentos em pequenos textos e versos que prendem a atenção até a última página. O livro *Curtas* vai conquistando a cada página, já que o autor consegue transmitir a sensibilidade de escrever sobre diversos temas da vida sentimental e cotidiana. A leitura é tranquila e cheia de surpresas. E eu, particularmente, sou apaixonada pelos versos mais românticos em trocadilhos e também pela praticidade que ele tem de transmitir lições motivacionais, pois o autor tem uma extrema capacidade de transformar poesia triste em algo divertido de ler.

Amanda K. L. Ribeiro

UMA CURTA EXPLICAÇÃO

Curtas. Quando pensei no título, pensei em três coisas: no verbo curtir, numa peça de roupa e nos pequenos filmes que antecedem ao filme principal no cinema.

Pensei em diversas formas de organizar isso tudo num livro. Após algumas ideias, cheguei a este formato. Por isso, separe o lápis de cor e deixe suas reações (à *la* Facebook) nas páginas. O primeiro capítulo faz alusão à rede social.

Se o tempo é curto, aproveite o segundo capítulo, pois ele remete à pequeneza das coisas curtas. Já o terceiro capítulo faz a associação com os curtas-metragens. Não são filmes, mas contam uma história.

Desative as notificações e que tu curtas a leitura!

QUE TU CURTAS...

Parece que você ainda está conectado na Internet. Ative o modo avião enquanto o conteúdo é carregado.

Abriu uma loja diferente.
Antes, ali era uma loja de óculos.
Agora, é uma exótica.

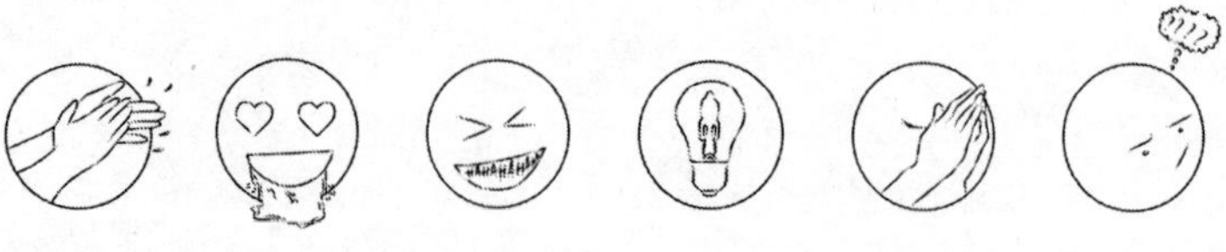

AS PESSOAS ULTIMAMENTE SÓ QUEREM SABER DE SEXO. EU PENSO DIFERENTE, PROCURO UM RELACIONAMENTO SÉRIO (PRA TER ALGUÉM PRA TRANSAR).

**PRA FAZER AMOR,
É PRECISO DESPIR O CORPO.
PRA HAVER AMOR,
É PRECISO DESPIR A ALMA.
QUE ROUPA VOCÊ VAI TIRAR?**

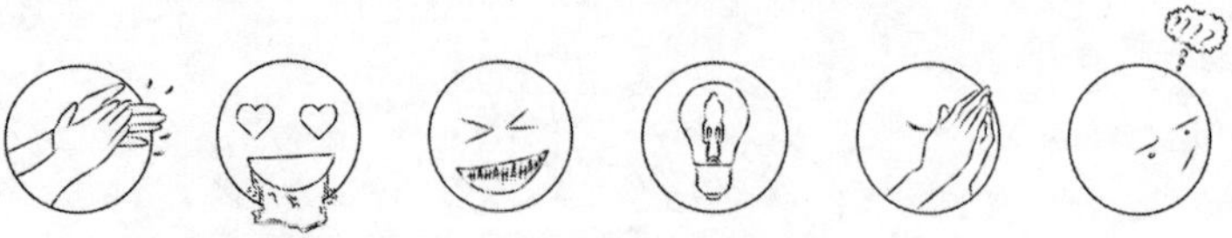

E eu, que nunca fui *fitness*,
Queria me encaixar na rotina dela...

Júpiter em Libra
Marte em Áries
Lua em Capricórnio.
E nada de você na minha vida.

Chega até a ser insano
Pois mesmo tendo a mesma conduta
Uns vão te chamar de mano
E outros de filho da puta.

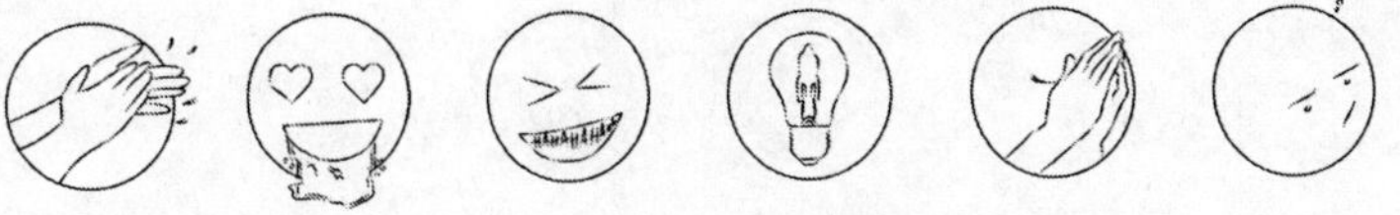

Busque sempre ser melhor.
Ser o melhor, ou, pelo menos, melhor que
você foi ontem.
Mas saiba que o maior prêmio é estar em
paz com suas convicções.

Esquece o mundo,
Nem que por um segundo.
Ignora a tua razão
E tenta ouvir o coração.
E então vai perceber
O quanto tem a agradecer.
Deus não te deixou cair
Foi Ele que te guiou até aqui.
E quando a tua vitória chegar,
Irmão, lembra-te de orar.

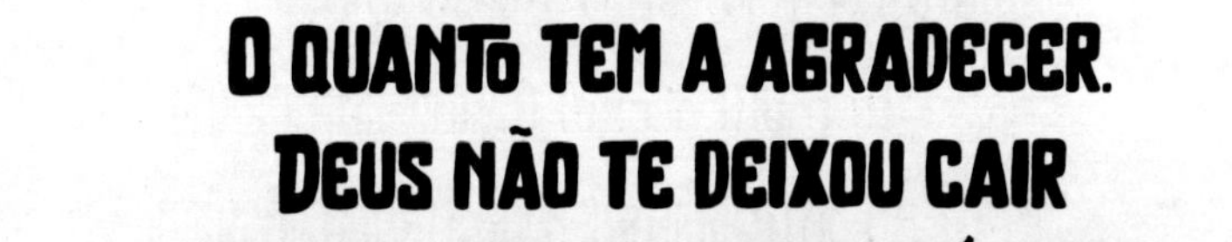

Tu não é minha poesia mais bonita
Até por não ser fruto da minha criação.
Tu é um acerto divino do Criador
Tu é fonte primeira da minha inspiração.

Quantas doses de cachaça vou tomar até perceber que é você quem mais me deixa alegre?
Quantos copos de café vou tomar até perceber que é você quem me acorda pra vida?
Quantas cartelas de remédio vou tomar até perceber que é você o meu melhor remédio?

(Quantas perguntas mais irei fazer até perceber que é você a resposta?)

Gosto de fazer metáforas com o universo. Mas... Será que a Lua faz metáforas com você quando quer se referir à luz que o Sol emite? Será que as galáxias fazem metáforas com você quando querem se referir à beleza da aurora boreal? Será que a estrela cadente faz um desejo quando me vê perto de você? Será que é seu nome a metáfora do universo?

É ELA QUE TE BAGUNÇA
OU É SÓ DESCULPA
PRA TUDO AQUILO QUE VOCÊ
NUNCA SOUBE ORGANIZAR?

Mesmo com todo o caos
Ela continuava linda.
Demorei a entender
Que o caos era meu.

Eu cheio de sonhos
Cheio de sono
Cheio de medos
Cheio de dúvidas
Cheio de dívidas.
Até parece que ia querer
Alguém vazio. ● ● ● ● ● ● ● ● ● ● ● ● ● ● ● ● ● ● ●

Não se iluda assim tão Fácil, garota.
Qualquer ursinho de R$ 1,99 diz
"eu te amo".
Mas, em tempos em que o ego é
maior que tudo,
Preste atenção se alguém lhe
disser isso.

Devo confessar, sou meio egoísta.
Quando peço a Deus que te proteja
Na verdade, eu tô pensando
em mim.

Ela é intensa, e sempre com foco.
Eu disperso, só agora notei
Que até as palavras que usamos
Nas nossas conversas
Têm significados diferentes.

(QUAL SERÁ O SIGNIFICADO QUE ELA TEM PARA "NÓS"?)

CONEXÃO.

Não depende muito de tempo.
Nem de proximidade.
Pra falar a verdade, têm vezes que a gente nem escolhe com quem se conectar.
Ou quem vai se conectar conosco.
Pode ser que você se conecte a alguém que não irá se conectar em você. Acontece, acredite, com todo mundo.
Mas, meu amigo, haverá conexões que você irá agradecer a Deus, aos céus, ao universo ou seja lá no que você acredita, simplesmente porque você não tem nem como explicar, e por isso parecer muito mais algo divino do que uma simples ligação entre duas pessoas.
São essas conexões, tão simples e complexas, que te completam.
São essas conexões que te recarregam, ainda que geograficamente a distância seja grande.
Ainda que eu goste de me desligar do mundo, e que eu seja meio desligado, não quero perder as conexões que criei.
É, eu sei, às vezes isso não fica muito claro. Muito tempo sem contato, poucas palavras, enfim... Estamos ainda conectados, acho. Pelo menos eu ainda viajo até a nossa última conversa, o nosso último abraço, todas as noites, antes de dormir.
É. Em tempos de desapego, eu ainda insisto em não usar o modo avião.

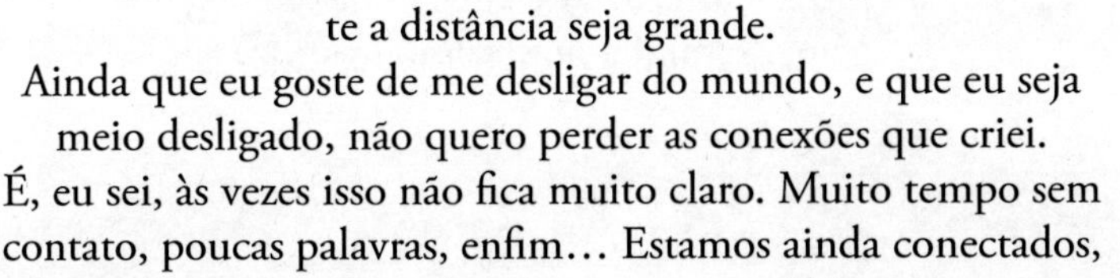

Manda oi, manda corrente, manda eu me foder.
Manda qualquer coisa. Mas manda.
Só pro telefone tocar e eu ver que tem algo.
Você é minha notificação favorita.

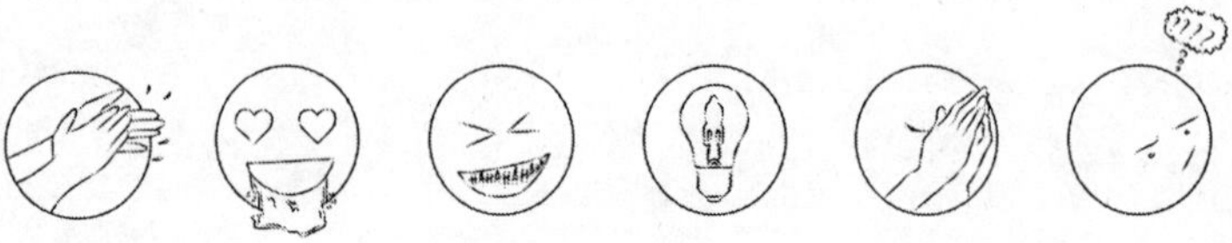

Se você briga consigo mesmo
Só quem se machuca é você.

(Ou quem tentar separar.)

De repente, me vi ali.
Céus, como fui parar lá?
Devo ter bebido demais.
A cabeça girando,
O peito apertado...
Ressaca emocional, sabe?
Nós nunca terminamos.
Nem mesmo começamos.
A zona do não apego.
Zona aqui quer dizer área, ok?
Era essa zona o nosso lar.
Estávamos juntos.
Mas distantes o suficiente
Para não criar nenhum laço.
Eu já sabia que ali era meu espaço.
Ela também não fazia questão
De quebrar as barreiras.
De criar novos limites.
Mas nessa última quarta-feira...
Nos encontramos.
Nos embebedamos.
Tomamos várias doses de paixão.
Experimentamos o apego.
Dividimos admiração.
Partimos pro que a censura não permite dizer.
Adormecemos.
Dessa vez, acordei e ela ainda "tava" lá.
Tivesse ela acordado cinco minutos depois
Que eu me levantei da cama
Não teria me visto.
Sim, eu saí.
Fui pra cozinha
Preparei um café.
Achei que ela também fosse precisar
Pra curar a ressaca emocional.

Vire a página

Leia mais...

Na verdade, o café só nos serviu
Para nos acordar.
Achei que servia o café.
Mas o que eu "tava" servindo
Era amor.

Ela me bagunça
Mas a gente se ajeita
Eu todo torto,
Ela toda errada...
Mas a gente se endireita.
Sem ela a vida até é bela
Mas, com ela, é perfeita.

QUE O TEU PASSADO
SEJA PROFESSOR............
PRA TE ENSINAR
E NÃO JUIZ
PRA TE CONDENAR.

Confesso, estou de novo iludido
Acreditando em histórias sem sentido.
Coração insiste que nada está perdido
Então sigamos na luta, nada é impossível • • • • • • • • • • • • • • • • • • •

No meio de toda essa confusão
Encontrei, enfim, quem eu nem esperava...
No meio de toda aquela bagunça
Quem diria, eu lá estava.

Eu posso me mudar, mas, se precisar,
eu vou estar no mesmo lugar.
Será que você se lembra de
onde procurar?

Toda grande mudança nos traz reflexão.
Mas, pra quem sonha, é preciso refletir sempre.
Será que você consegue realizar o seu sonho?
Ou é preciso ajustar a realidade?
Acontece, às vezes, do lado financeiro não estar legal, do lado racional pedir uma mudança, dos sentimentos tomarem conta e bagunçarem o psicológico.
E nessa, a gente se distancia dos nossos sonhos.
A rede na varanda vira rede social.
A trilha na mata vira perrengue nos trilhos da selva de pedra.
Acordar cedo no campo vira acordar cedo pro trampo.
Acompanhar o luar na praia vira acompanhar a novela em casa.
E aí, com o que tem sonhado?
Corre, ainda dá tempo de torná-lo realidade.

Paz, alegria, amor, saúde... E ela também estava lá, apesar de ele nunca admitir.

Com o que você sonha todas as noites antes de dormir?

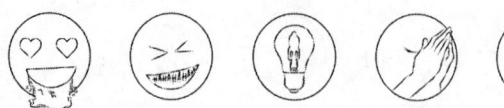

Nós nem nos víamos direito e, ainda assim, nos falávamos de segunda a segunda.

No livro da vida, não deixe que usem as suas páginas como rascunho.

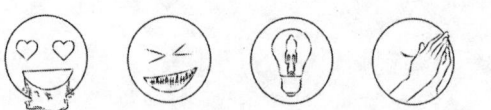

RASCUNHO

Os opostos se atraem...
Ou, como também dizem,
Os opostos se distraem
Os dispostos se atraem.
Mas eu, tão disposto
E tão distraído,
Não me sinto atraído.
Eu sou o oposto.
Enquanto rumam ao norte,
Eu quero seguir a leste.
Sentem falta de fofocas.
Eu, de algo que preste.
Cantam todos em inglês
E eu cantando faroeste.
História de vida de João
Lá de Santo Cristo,
Esse cabra da peste...
É tanta gente
Pedindo *nudes* do corpo
E eu preocupado
Com o que a alma veste.
Eu sou o oposto
E seguirei esse caminho
Até que encontre alguém
Ou até que nada me reste.

E nesse quebra-cabeça
Uma nova peça na conta.
É, garota, você sabe
Que teu sorriso me desmonta.

**Não caia na ilusão
de chamar de amor
o que é apenas tesão.**

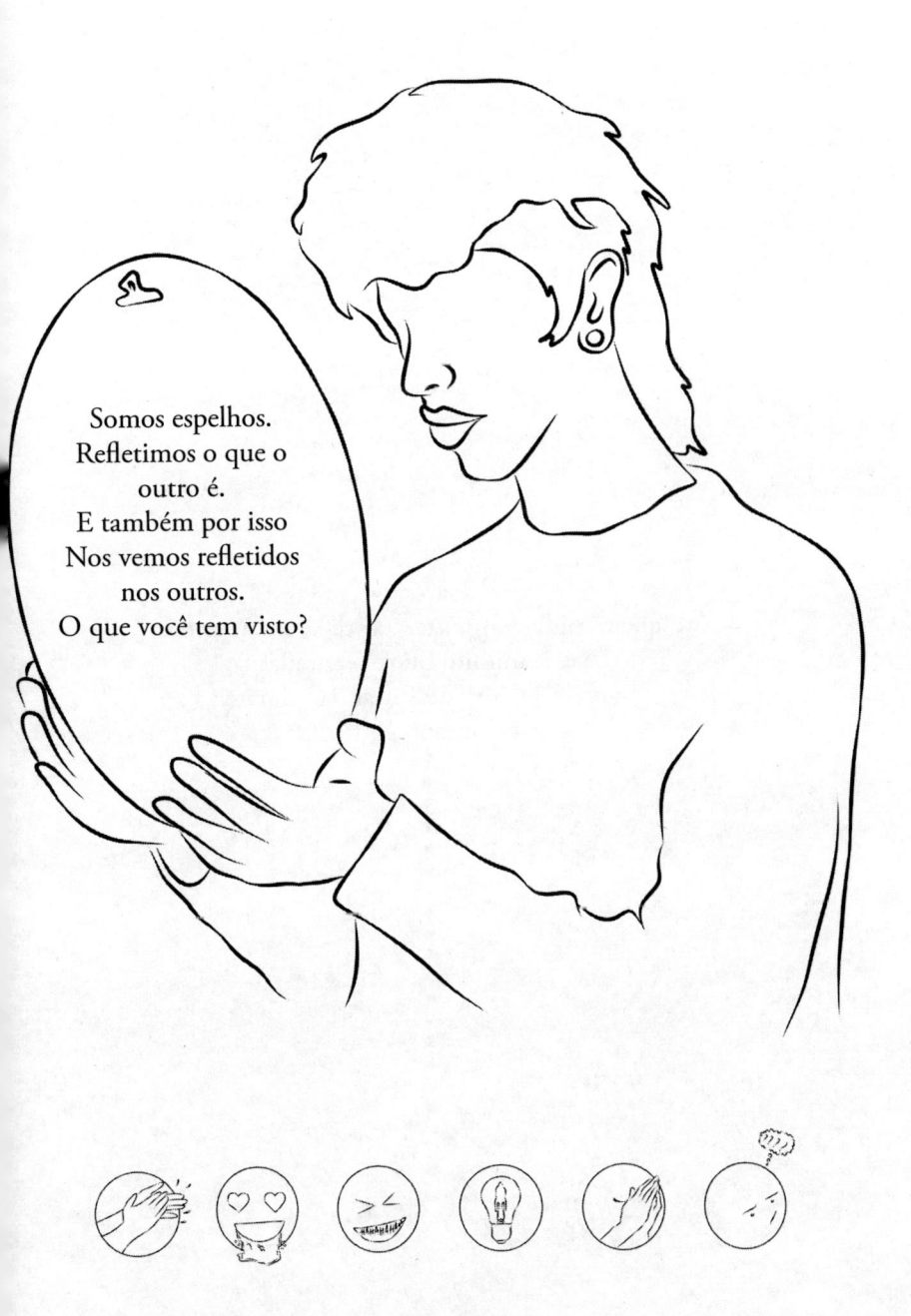

Somos espelhos.
Refletimos o que o
outro é.
E também por isso
Nos vemos refletidos
nos outros.
O que você tem visto?

Garota,
Só quem souber enfrentar a fúria das tuas ondas
Nesse infinito que é o teu mar
É que vai poder desfrutar da calmaria
Do seu oceano particular.

Vai ver é você a razão do meu riso frouxo
Vai ver é você o meu ponto de paz
Vai ver é você a razão pela qual eu suporte o peso dos dias
Vai ver não é nada disso
Vai ver é só invenção da minha mente carente de atenção
Vai saber...

Eu aqui preocupado
Qual será a sua meta?
Não deixe a saúde de lado
Pra seguir com sua dieta.

No meio de tudo isso,
Achei boas lembranças.
E nessa de reencontrar,
Renovei minhas esperanças.
(O mundo ainda tem salvação.)

Eu digo que me perdi no seu olhar.
Você me olha como quem sabe que é mentira.
E realmente é.
Na verdade, encontrei razões pra seguir em frente.

Guardei o melhor de mim pra você,
Mas me entreguei por inteiro.
Espero que você saiba lidar com os meus defeitos.

Fiz do seu colo minha morada.
Do seu abraço o meu abrigo.
Fiz de você o meu lar.
Meu porto seguro.
Fiz das suas palavras minha Fortaleza
E meus medos já não me atormentam.
E então eu fiz de mim Flores
Pra enfeitar e perfumar a casa.
E fiz de mim tinta
Pra que, juntos, possamos escrever a nossa história nas paredes.

Eu sinto que estou todo desmontado
E que acabei te deixando alguns pedaços.
Apesar disso, estou inteiro.
Coloquei pedaços seus no lugar dos que te deixei.

Eu quero sair da tua vida
Sem deixar marcas profundas
Eu quero sair da tua vida
Sem que você perceba
Eu quero sair da tua vida
Sem tirar você da minha
Eu quero sair da tua vida
E já não sei se quero ficar na minha

Queria olhar pra mim
Com os olhos do mundo
E enxergar o bem que eu faço.
Queria olhar pra mim
Com os olhos do mundo
E perceber que não sou nada.
Queria olhar pra mim
Com os olhos do mundo
E ver que sou apenas mais um.

Viver é isso.
É ir disfarçando
Fingindo ser
E nessa ir se despedaçando
Sem ninguém ver.

(Ou todos apreciarem.)

Ela me pediu
Pra eu me expressar
E colocar pra fora
Tudo o que eu sentia.
Eu apenas ri
E encarei a tela.

(Não, eu não sei me expressar.)

Eu não sei pra onde quero ir.
Não decidi o que quero fazer.
Sei que quero você a meu lado.

(Eu não sei tomar decisões, pelo menos algo eu já escolhi.)

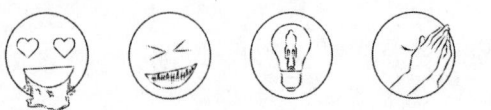

Mudanças de plano

Apesar de pensar em ti
Desde o acordar até eu dormir
Decidi que não vou me entregar
Preciso aprender a me amar.

(Enquanto aprendo, eu sigo te amando. Depois continuamos juntos?)

Olha pra mim.
Olha até onde você chegou.
Olha tudo o que você conseguiu.
Olha pra quem se importa contigo.
Olha pro que você tem.
Não importa o que você não conseguiu.
Não importa se foi por você não ter se doado.
Nem sempre se terá tudo na vida.
Nem sempre as decisões são acertadas.
Só não deixe de olhar com carinho pra ti.
Talvez eu não saiba o que eu esteja falando.
Mas você é incrível.

(Que você enxergue isso.)

Ela insistiu estar comigo
Mesmo quando todos haviam desistido.
Inclusive eu.

● ●

Nós não nos pertencemos
Mas mesmo assim
Vou cuidar.
De mim. Ou de ti.

Se tu quiser mergulhar no meu mar,
Por Favor não se joga de cabeça.
Amor não é pra ser lógico, meu bem,
Pra amar, trate de pular de coração aberto.

**Por conta de um eufemismo
Tem gente que acha
Que para o amor acontecer
É preciso estar nu.**

Dê a si o amor que você espalha pelo mundo.
Errar faz parte do aprendizado e seus erros não te definem.
Eu sei que talvez seja difícil aceitar. Entender. Praticar.
Perdoe-se.
Se amar é um erro, que você erre por se amar.

Quando fui pra
perto de ti, confesso,
fiquei longe
de mim.
Foi aí que percebi
que seu ser é forma-
do por qualidades e
defeitos, já que de
longe, via apenas
suas virtudes.
E então, de longe,
olhei para mim. Pa-
reço melhor do que
eu me enxergava.

É foda não me enxergar da maneira como eu mereço. Talvez por isso me forço a ver tudo de bom que eu fiz e também a me amar. O problema é eu acreditar que amor deva ser algo natural. Não se força o amor. Nem mesmo o próprio.

● ●

Estranho seria se eu soubesse o que fazer. o que dizer. Usar quais palavras? Talvez qualquer uma que saia. afinal, Eu não sei o que dizer. tu me ganhas e me tens na mão e eu, Aqui, sem reação. Mas talvez tu saibas o que eu quero te dizer. quem sabe eu não te diga isso de alguma Outra forma?

Tu és minha melhor rima

Ei, garota
Tu és minha melhor rima
Ponto de equilíbrio
Lugar de paz
Tu transbordas amor
É o que te faz ser você.

É QUE EM MINHAS ORAÇÕES
EU SEMPRE PEÇO POR TI
NÃO PRA QUE ESTEJAS JUNTO A MIM
MAS PRA QUE SEJAS FELIZ.

Em tempos tão frios
Você se espantaria se eu te dissesse
Que o que me mantém aquecido não são as cobertas
E sim as tuas mensagens?

Se Deus é amor, quando Falo de amor, estou também Falando dEle.

Não escrevi um livro pra pegar alguém. Mas, é aquela história, estamos à disposição.

CURTAS

Curtinhas mesmo.

A gente vive dias de pesadelo na esperança de que os sonhos se tornem realidade.

O MEU SORRISO VALE A *pena.* É POR ELE QUE *eu vou lutar.*

**Você pode ser feliz
mesmo sem nunca ter estado em Paris.**

Eu não preciso do seu amor.
Isso não quer dizer que eu não o queira.

(Acho que você entende o que quero dizer.)

ENGRAÇADO
A CONFUSÃO
É MINHA
E QUEM A
ARRUMA É VOCÊ

E se eu te contar todos os meus medos, ainda assim você fica?

Se o preço pra te ter aqui é não me ter de volta,
espero que fique bem aí.

Você é minha saldade
O gosto das lágrimas é salgado

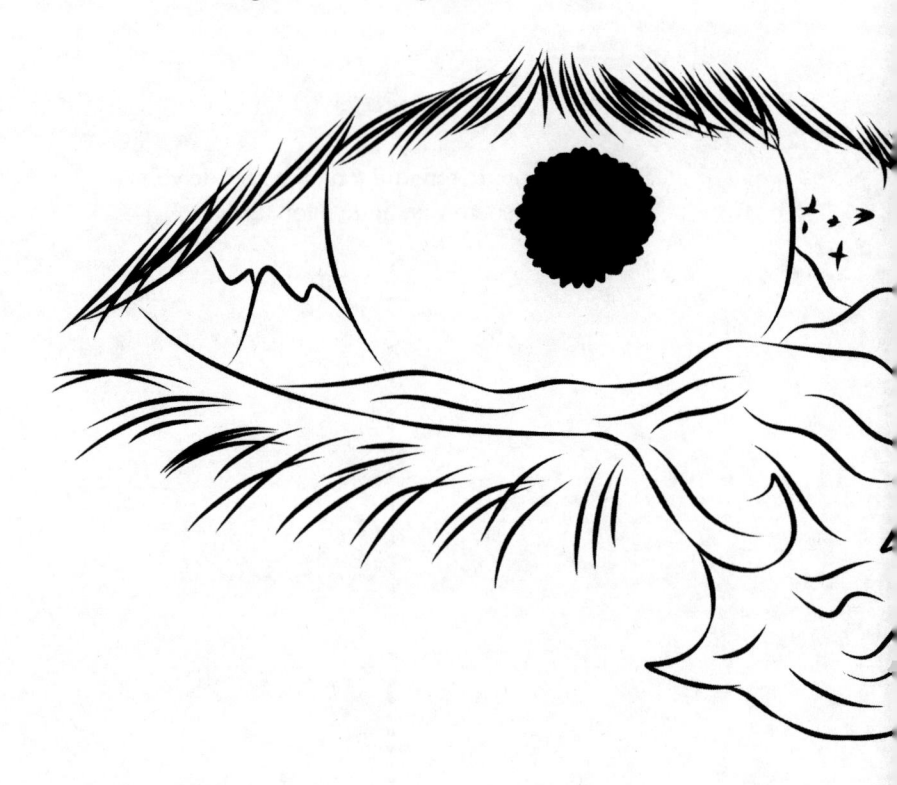

E nessa de partir, acabei indo.

Você fez do meu coração a tua morada. E então você partiu e já não havia espaço para mais ninguém. Inclusive eu.

Não espere muito de mim. Eu ainda não sei •••••••••••••••••••••
o que quero da vida...

E aquela nossa foto, vai ser história do Instagram
ou capa do seu Facebook?

O que falta ao ser humano é justamente ser humano.

Aposto que você não queria ser a causadora da minha insônia.

"Eu tenho medo de não ser bom o suficiente." Bom o suficiente pra quem? Seja bom pra você, será ótimo pra todos.

Tem muita gente sem noção,
Mas ainda há, acredite,
Quem tenha bom senso e educação.

E eu, que nunca estive nem aí pra nada
Queria estar com você em tudo.

Pressão, responsabilidades, preocupações...
Talvez a vida seja isso...

Onde é que eu deixei o meu carrinho?

Estou bêbado, confesso.
Foram tantas doses de
amor-próprio que cheguei
até a perder a conta.

Tem quem me tire do sério••••••••••••••••••
E tem quem mexa com a minha paz

Confiança.
······· Se tu tem a de alguém
Não quebre.

Tô à procura de mulher gostosa.
Mas não de corpo, daquelas que eu queira toda noite,
Mas das de alma, que eu queira todos os dias.

Tudo bem que borboletas sempre voltam.
Mas o jardim já não é o mesmo
Será mesmo que elas vão ficar?

Ame-se antes de amar alguém.

(Apenas um lembrete, não posso inverter.)

Eu bem te quis.
Hoje, só te quero bem.

Choveu amor
E eu não levei o guarda-chuva.

Queria não me perder
Ao te olhar
Mas eu me perco
Só de te lembrar

..............Não venha me dizer que eu mudei se é você quem não responde às minhas mensagens...............

E quando eu não puder te oferecer mais nada
Tu vais pedir pra eu ir ou pra eu ficar?

• •

É que quando você se foi
Levou embora o melhor pedaço de mim...

Mesmo para os meus padrões, a gente foi uma história louca.

Talvez eu seja dessas pessoas rasas que quando o assunto é amor, transbordam.

Movido pela emoção
Guiado pela razão.

(de vez em quando a gente se perde)

Sucesso é acordar todos os dias
E escolher batalhar

Eu sempre fui conflito
Eu sempre fui caos

Eu mal sei qual meu maior medo... ....
E isso me assusta.

(Talvez eu tenha medo de me conhecer)

Se houver nós, nenhum outro plural me importa.

Você pode usar o celular no metrô, mas não no avião. Debaixo da terra tem sinal, no céu, não. Reflita.

Em um mundo onde todos querem ter razão
Ela insiste em demonstrar sentimentos.

Querer é poder. Mas sem ação, nada muda.

Quem é você
Quando te tiram a rotina?

Sou parte da vida de todos e ao mesmo tempo, não faço parte da vida de ninguém.

Pesar cada decisão
Querer salvar o mundo
Quando não consigo salvar a mim

O barulho dos fogos não se comparava ao som ensurdecedor do seu silêncio ecoando quando você foi embora.

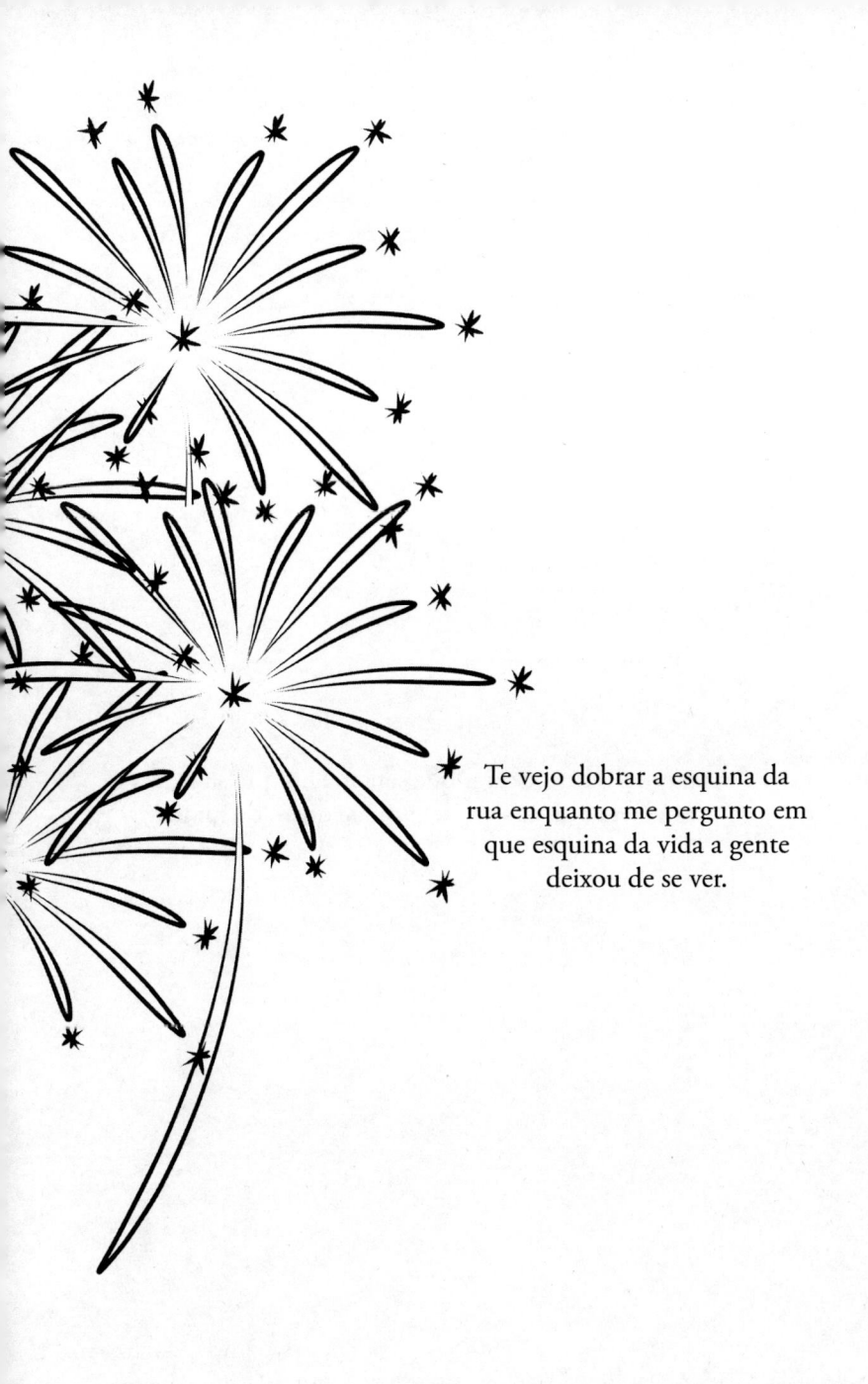

Te vejo dobrar a esquina da rua enquanto me pergunto em que esquina da vida a gente deixou de se ver.

Eu querendo decidir o que será melhor pra sua vida.
Logo eu, que não sei nem o que quero da minha.

Eu tô com saudades da sua presença física, não da presença virtual.
Um abraço pelo Facebook até tá valendo, mas a gente sabe que não é real...

Dizem para vivermos o presente e esquecermos o passado. Mas é bom voltar pra ler algumas páginas. Às vezes ajuda a entender a nossa própria história.

Escolheu algo novo.
.....Vestiu-se de amor. E foi curtir a virada com a roupa velha.

Se precisar de uma morada, você tem a chave do meu coração. Mas nem precisa usar, eu deixei as portas abertas pra você. É só chegar.

Amor é Alimento, não passe fome.

A LUA NOVA EXISTE, POIS NEM ELA QUER COMPETIR COM O TEU BRILHO.

Se há borboletas em seu
estômago, é por haver
flores dentro de ti.

A lei do menos é mais
Também vale no amor?

Eu não sei nadar.
Mas nesse oceano que você é
Não tenho medo de mergulhar fundo.

Fode comigo
Não com a minha vida.

Você pode até tentar fugir de mim.
Talvez você desista quando perceber
que é você que me mantém em seus
pensamentos.

Há um universo imenso dentro de nós.
Faça as malas, esse é o destino da nossa próxima viagem.......

Sonhei contigo
Com você
E junto a você.

As marcas que deixo
São as únicas coisas que ficam.

(Eu sei lá que porra eu tô fazendo)

O BARULHO MAIS ENSURDECEDOR FOI O SILÊNCIO QUE TU FEZ —AO IR— EMBORA.

TE OFEREÇO O MEU SILÊNCIO, PORQUE, ÀS VEZES, É SÓ O QUE PRECISAMOS OUVIR............

Como você vai acreditar em tudo o que eu lhe disse lá atrás
Se a gente nem mesmo se fala mais?

● ●

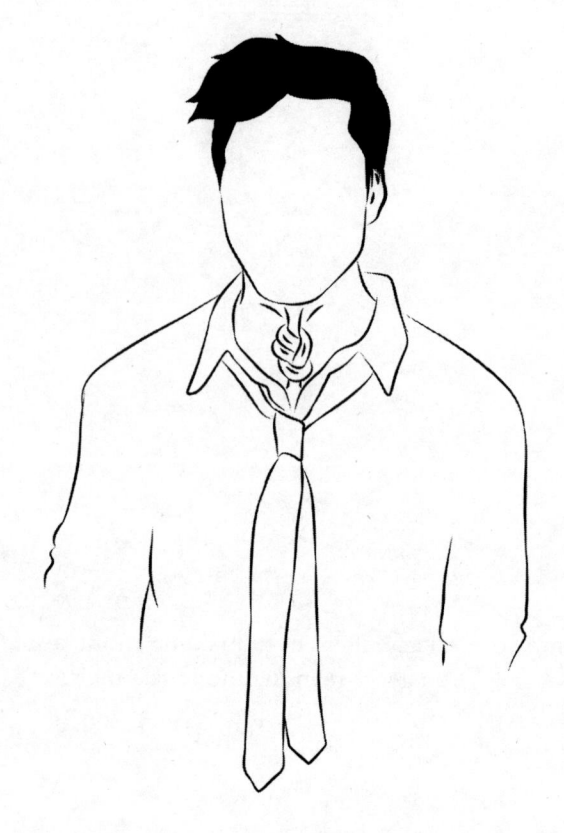

Você ajustou o nó da minha gravata.
Mas eu não te disse o que sentia e o nó na minha garganta tá me sufocando.

Queria que fosse você
E não que você fosse...

Lágrimas escorrem quando as emoções encontram a saída de emergência.

Se o seu "eu" do passado visse onde tu chegou, ficaria orgulhoso das decisões que tomou.

Deixou de postar sua felicidade nas redes sociais.
E só então pôde ser feliz.

NA ESCOLA DA VIDA TALVEZ FOSSEMOS HISTÓRIA E NÃO QUÍMICA.

Não te ofereço o mundo
Mas posso te dar
O meu sobrenome.

Eu já devia ter entendido
Que meu coração só é bom abrigo
Enquanto a tempestade cai lá fora.

Não é questão de não mergulhar de cabeça em um mar de pessoas rasas. Você pode ir ao fundo, mas de nada adianta se quem enche o mar tem a mente vazia.

A nossa troca de experiências
Deixou marcas no meu ser.
Tu tatuou a minha alma.

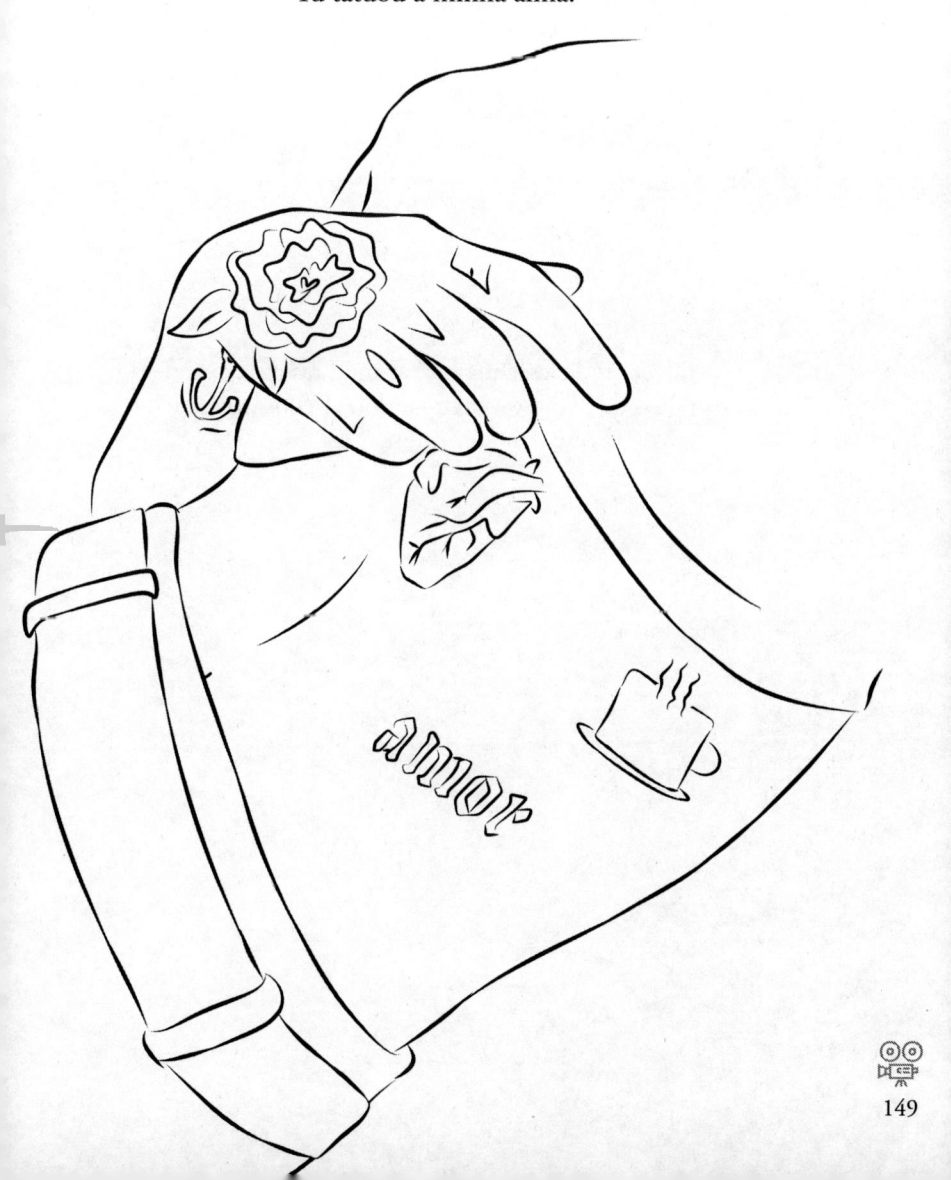

Talvez eu devesse me basear mais no espaço geográfico que eu estou ocupando e menos no espaço que ocupam no meu coração.

Não, não tem espaço pra bobagens na minha vida. Especialmente o amor. (Mas a gente sempre acaba dando um jeitinho.)

.... Moça, você é incrível e pode ser o que quiser.
Eu só não queria que, de tudo que pudesse,
Você viesse a ser a minha saudade. ....

Você sabia que eu tinha razão
Ainda que agisse movido pela emoção.

Paz de espírito custa pouco, mas se tu não consegue se vender, comprar.

Ainda que o universo inteiro habite em meu olhar, eu não sou capaz de mudar seu mundo.

Felicidade se compartilha.
Sem divisões. Apenas partilha.

Se eu te der amor e não for recíproco, devolve.

Não espere a emergência
Pra quebrar os paradigmas
E sair do seu mundo.

E por egoísmo
Eu desejo o melhor
A quem me cerca.

(Vai ser melhor pra mim, acredite)

No meu silêncio
A minha alma grita.................

(Vou desabafar porque eu sei que
você ouviu)

Eu prefiro me enlaçar com você a ter esses nós na cabeça.

(Mas eu tô na segunda opção.)

Eu continuo acreditando que a gente faz um mundo melhor quando distribui amor.

Eu poderia ser tudo o que você quisesse. Inclusive nada.

Eu aprendi a andar só,
Mas quando continuo a caminhada,
Eu logo penso em te (ch)amar.

**EU QUIS SER O SEU PRA SEMPRE.
MAS EU NUNCA DE FATO ESTIVE
PRESENTE.**

Vestido de noiva deixou de ser sonho da vida da mulher pra virar só mais uma fantasia de Carnaval...

A VIDA NÃO TÁ FÁCIL MAS EU TÔ!

E nessa sua viagem,
Quem está junto tá de carona
Ou vai com você até o fim?

Não lhe prometo que seja eterno
Mas lhe prometo amor.

(Amor é pra sempre.)............

Eu digo que você é perfeita (e é)
Mas o que eu amo mesmo
É a tua imperfeição.

• •

A GENTE SE **BAGUNÇA** TANTO E, AINDA ASSIM, CONSEGUE SE ACHAR.

Não importa quão grande eu me torne
O que irá definir o que eu sou
São as marcas que deixei

Tirou toda a maquiagem
Botou um sorriso sincero no rosto.
Que linda!

E ENTÃO TU SE FOI E EU FIQUEI ACOMPANHADO DE MEUS PENSAMENTOS. SERIA MELHOR TER FICADO SÓ.

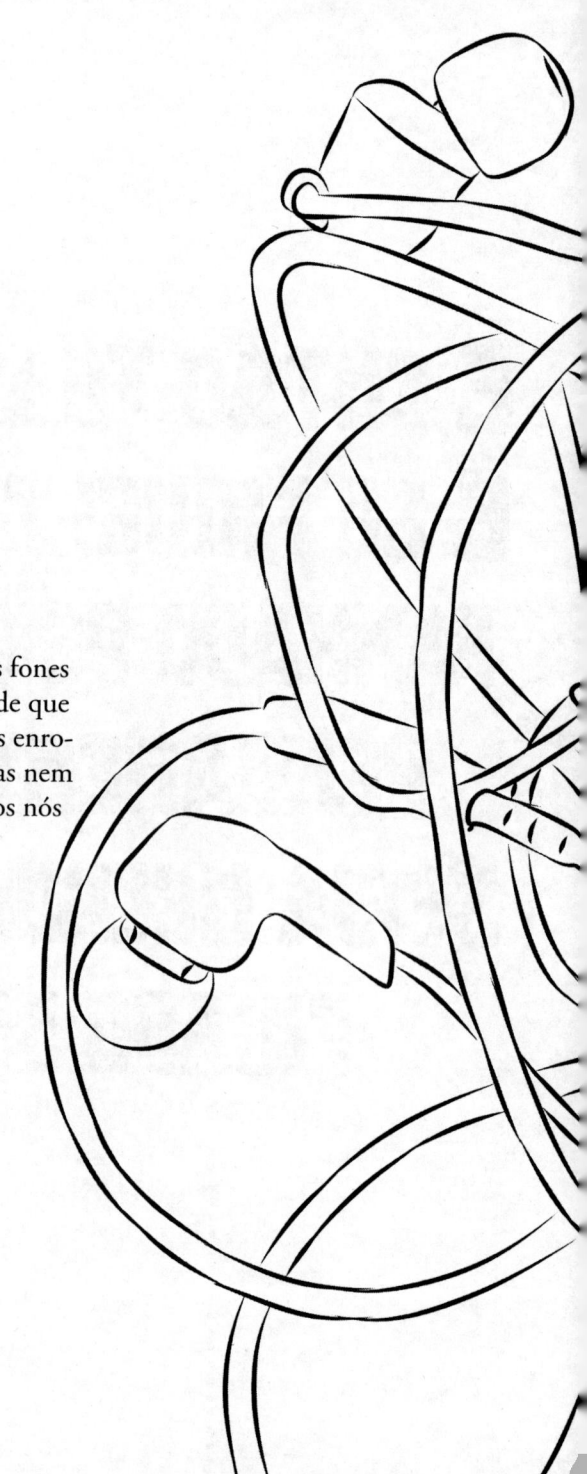

Comprei novos fones
na expectativa de que
algo ficasse mais enro-
lado que eu. Mas nem
o fone dá tantos nós
assim.

Ouvi dizer que sempre enxergamos o nosso nariz, mas que o cérebro ignora essa informação. Você tem enxergado a sua felicidade?

..........Tu me diz que o mundo não tem salvação.
Talvez a vida não tenha te feito olhar para os bons.
Eles são a maioria, acredite.....

Tu me vendeu um sentimento sincero
E a única coisa sincera que recebi
Foram as suas dúvidas e o seu medo sobre nós.

• •

Talvez os nossos caminhos não se cruzem novamente e talvez seja esse o motivo de eu ainda estar acordado.

Sem essa de esperar pela sexta. A primeira oportunidade de ser feliz eu já tô agarrando.

Eu presto atenção em tudo o que você diz
Mesmo que às vezes eu não ouça.

Ela, toda desas-
trada, veio me
encher de amor.
Num descuido
dela, a gente
transbordou.

Enquanto eu chamava de amor,
Ela chamava de aventura (nas minhas costas)…

No jogo da vida
Será que o juiz não viu
Que você tá fazendo falta?

CURTAS NÃO SÃO FILMES

Mas, tambem contam histórias.
Acabando a curta-metragem, o filme principal já logo se inicia.
Ajeite-se em sua poltrona, e, como num cinema, desligue seu celular. Acenda as luzes e boa sessão, digo, boa leitura!
Pipoca? Melhor um Drops.

drops

contém pastilhas de humor, amor
e reflexões do cotidiano

NET WT 2.17 OZ 61.5g

CALORIES 240
12% DV
PER PACK

Eu poderia dizer que a tua presença me bagunça.
Mas tu nem tá aqui e eu já tô todo desajeitado.
Acho que não sei lidar com a sua existência.

Desculpe,
Eu ao menos sei se você precisa de um ombro amigo tamanha a distância em que estou nos últimos dias.
Eu espero que se lembre todos os dias o quão incrível você é. Que se lembre não só da sua força, mas também do brilho da sua alma. Sua essência é linda, lembre-se disso também.
Acredite, eu sinto que você está aqui, do meu lado, enxugando as lágrimas que insistem em não cair. Obrigado por estar do meu lado mesmo eu estando tão longe.

Vivemos uma bela história
A mais bela história
Que não aconteceu.

Eu imaginei minha vida sem você
E eu percebi que ela seria
Exatamente igual
Porém, com tudo diferente

Ainda guardo a lembrança de você.
Ainda guardo aqueles 50 reais.
Eu que achava que era sexo que me dava prazer
Só então percebi que mais prazeroso era estar com você.
Será que agora é tarde pra voltar, Naiara?

Eu quis que você ficasse mais um pouco. Que tolo eu, querer que você fique quando nós mesmos já não estamos mais ali.

Quero você na minha vida.
Quis estar na sua.
Quis.
Até o momento que me apaixonei.
E, desde então, quero que encontre alguém pra estar aí.

(Você vai achar, eu sei.)

Tentei apagar da memória as lembranças que você deixou.
Já não as vejo, mas ainda é possível sentir.

(A borracha não apaga o relevo da sua escrita.)

Quem olhava pra nós
Via você, tão frágil
Ali do meu lado,
Buscando proteção em mim.
Mas forte era tu
Que me sustentava
E me trazia paz
Quando me dizia com o olhar
Que tudo ficaria bem.

Se essa noite eu não conseguir dormir sem antes pensar em você, tudo bem, amanhã eu tento de novo.

E, DE REPENTE, SEU NOME SURGIU E JUNTO VIERAM AS LEMBRANÇAS

Tenho medo de você não estar mais aqui amanhã,
mas o que eu mais temo é que eu não esteja aqui.

Tu é esse meu sorriso bobo
A cada notificação.

(Faz barulho no meu coração mesmo no silencioso.)

Olhar pra trás
E perceber o que eu era
E agradecer pelo que ficou
E entender o que eu sou

Ela vive me dizendo que eu sou como um sonho para ela. Por um minuto me iludi, até lembrar que o que se vive é a realidade.

Eu sempre soube
Sufocar sentimentos.
E então você chegou,
Acho que esqueci.

Meus pés descalços
Deixando marcas na areia
Enquanto minha mente
Pensando em ti vagueia.

(Molhei os pés no mar querendo mergulhar em ti.)

Odeio madrugadas pelos mesmos motivos que as amo. Do nada, com muito sono, crio cenários com os mais diversos personagens, roteiros que provavelmente não serão lidos pelo senhor do tempo e viajo rumo a um futuro de minha própria ~realidade~ paralela.
E, de repente, enquanto olho pro meu ~eu do futuro~, se me viro pro lado, já imagino um passado alternativo, com todos os meus "se" sendo respondidos de forma diferente. E então, aquele ~eu do futuro~ já não existe mais, tamanha a influência das escolhas do meu passado modificado.
Ah, bagunço com o presente também. É a hora da mensagem para ~aquela pessoa~. Ou de uma postagem como essa.
Tão sincera quanto um bêbado é a pessoa na madrugada. Eu deveria estar dormindo, mas, na minha mente, ainda acho que eu deveria perguntar se ela não se incomoda por eu... Ah, esquece, não serei respondido mesmo. Talvez, amanhã de manhã. Será que eu digo que sinto saudades? E se eu marcar de ir vê-la. Se eu ligar e dizer que foi só pra ouvir a sua voz, ela acredita? Aliás, espero que ela siga o roteiro que estou criando na minha mente. Acho difícil, pois eu mesmo duvido que eu vá segui-lo. Enquanto isso, eu continuo nessa de abrir, ver todo o nosso histórico e fechar o WhatsApp...

Eu me traí e traí a sua confiança, dando-lhe uma tarefa que lhe seria impossível de cumprir. Naquele dia em que confiei a ti a minha felicidade, eu sabotei o meu amor-próprio.

Eu me desfiz
inteiro
Pra me livrar de
cada mínimo
pedaço seu
Mas, ao me
remontar,
Já não era mais eu.

Essa fase vai passar
E então você vai perceber
Que a saudade que sente
Não é de mim, mas de você

Sabe por qual razão as noites foram feitas para dormir? Eu ainda acho que é porque nós ficamos estúpidos à noite. Não no sentido de brutalidade, mas de insensatez. Talvez pela rotina, então seria culpa do sono e não da noite. Enfim... Dormir evita muitas coisas, e eu deveria estar fazendo isso agora, em vez de digitar esta mensagem. Pelo menos essa seria a ação mais sensata, entende agora a questão da estupidez?
Bem, em vista do que me motiva a escrever,
eu nem sou tão estúpido assim.
A vontade que eu tenho é de mandar "ô peste, estou com saudades". Tá, com outras palavras, talvez uns dois ou três palavrões (até porque, desculpe, mas é de fato uma puta saudade). Que é que você anda fazendo da sua vida? Da última vez que nos falamos, bem, não dissemos coisa com coisa. Ainda assim, ainda abro a conversa com aquele sorriso bobo e fico lendo e relendo, lendo e relendo...
Vez ou outra, seu nome aparece. E todas as vezes eu tenho vontade de me mudar pra dentro do seu abraço (acredite, é o melhor lugar do mundo).
Quando é que você se mudou pra esse mundo virtual?
Ou você só voltou praí?
Sei lá, volta. Tô com saudades.

Achei que a nossa história
Renderia uma trilogia…
Mas, ao acabar o *trailer*
Você já não mais estava…

Apesar de tudo,
nunca tivemos nada.
Nenhum relacionamento,
e nem mesmo um ao outro...

Quando a escuridão chegou
E nem a lua estava a iluminar
Qualquer lanterna me ajudaria
Mas tu foi holofote

Eu não sei se você acredita em mim. Não te culpo.
No seu lugar, eu não acreditaria.
Mas é fato que a saudade me consome e não sei por qual razão eu insisto em não deitar e dormir em vez de ficar mexendo no celular. Às vezes, eu me arrependo.
Não por dormir pouco, já que a gente acaba se acostumando a acordar cedo e, se o sono for muito, dorme de pé mesmo, no ônibus lotado. O problema é o "efeito madrugada". Não, eu não estou escrevendo esta mensagem com sono
(tá, talvez um pouco).
O efeito madrugada é tão avassalador quanto um celular com créditos nas mãos de uma pessoa bêbada. Ou talvez pior, pois a pessoa está sóbria e, provavelmente, conectada no Wi-Fi.
O efeito madrugada deixa sua consciência dispersa (ela volta depois que você faz algo estúpido), e vai bater um papo com o orgulho, que, distraído, baixa a guarda.
Qualquer dia ainda escrevo o que não devo
(ou o que já deveria ter dito, quem é que sabe?)
no lugar errado. Seja no WhatsApp, ou aqui no Facebook
(o meu Twitter não conta, eu já posto o que não devo por lá).
Qualquer dia eu vou acabar admitindo que tô com saudades, escrever um texto qualquer e ir dormir desesperadamente logo após o toque em "enviar".
Tipo agora.

**Nunca fiz muita questão de falar.
Com
nin
guém.
Até você chegar...**

Me assustei um pouco, confesso, quando a vi.
Aquela mulher madura, toda segura de si. Quando percebi, não me lembro como (talvez as circunstâncias, sei lá), a gente tava ali, dois largados no canto do bar, jogando conversa fora. Não sei se já aconteceu com vocês, mas é como se a definição de perfeição tenha cansado de morar no dicionário e saído pra dar uma volta.
Ela me deu seu telefone. "Te ligo amanhã", disse-lhe.
No dia seguinte, talvez sóbrio demais, relembrei a noite anterior. E me assustei novamente. Na sinceridade das palavras que eu lembrava, sei que ela me transbordaria de amor.
No meu vazio de sentimentos, pensei em como poderia preencher aquela mulher agora fragilizada pelos sentimentos.
Peguei o telefone.
Escrevi e apaguei dezenas de mensagens. No fim das contas, naquele fim de tarde de sábado, cacei uma cerveja na geladeira. Depois de duas latinhas, dei um toque no seu número, mas desliguei antes mesmo de chamar.
Depois, apaguei o contato.
Não sei se ela esperou pela minha ligação. Não pensei nisso.
Deveria. Acho que o número ainda está no meu histórico.
Com licença, amigos, preciso fazer uma ligação.

O erro foi meu. Não devia ter criado essa expectativa de ti. Não que seja errado esperar algo de bom das pessoas. Mas é que tudo isso parece ter caído como uma pressão incomensurável sobre você.
Peço desculpas. Você era perfeita a seu modo, e, bem, eu sabia disso. Eu é que não soube lidar com o seu desapego.
Acho que era isso que nos mantinha, sabe?
Espero que você ainda se reconheça no espelho.
Eu ainda tenho expectativas em você. Mas em quem você quer ser e não em quem eu quero que seja.
Que elas se realizem.

Acabei acostumando com a sua ausência, apesar de pensar em você todos os dias.

Me encontrei em meio ao silêncio que ficou depois que você se foi.

Aprendeu, finalmente, a não dizer sempre "sim".
E então, quando a vida lhe sorriu,
Respirou fundo e disse "não".

••••••••••••••••••••••Tenho medo de errar contigo
De errar pelo excesso
De me envolver demais em uma história que não começamos.
Tenho medo de errar contigo,
De criar expectativas onde você deixou claro que não deveria.
Medo de te perder
Por simplesmente não saber que não te tenho
E te tratar como se a tivesse.

Li em algum lugar que se alguém está pensando em você, você não consegue dormir. Não sei se isso é verdade, mas, caso seja, peço desculpas pelas suas noites mal dormidas..........................

Você seria, por lógica, a primeira pessoa em quem eu pensaria em ligar.
Mas nem lembrança tu consegue ser.
O teu telefone não toca.
Não irá tocar.

(O laço se desfaz quando as almas se distanciam.)

Dizem que a bebida altera a sua percepção de beleza.
Há tanto eu não me olhava no espelho e me sentia tão belo
Você me embebedou. E tudo o que eu mais quero são mais doses de você.

Desculpe
É difícil dizer...
Mas eu te traí.
Eu traí a sua confiança
(E a minha)
Naquele dia
Em que confiei a ti
A minha felicidade.
Joguei em teu colo
A responsabilidade que é minha.
Mas tu, como sempre,
Me fez assumi-la
Mais uma vez.
Desculpe ter te traído
Mesmo que com você mesma.

Três e pouco da manhã. Eu não consigo dormir por causa de uma visita inesperada: você. Será que poderia sair dos meus pensamentos e vir me ver?

Eu fiz promessas de que te esqueceria, mas mesmo depois de três anos, não tenho certeza se conseguirei cumprir.

Quando ela chegou, deveria ter lhe dito
"não repara a bagunça".
Eu até arrumei um canto pra ela ficar, mas talvez ela
não tenha encontrado.
E talvez por isso ela tenha ido…

Tu arrumou a minha bagunça.
Está tudo lindo assim, organizado.
Mas eu não consigo me encontrar.

(A minha paz é no meu caos.)

Logo eu, quero me livrar do sentimento de paixão,
E respirar, e inspirar, e repetir até tudo aqui acalmar
Pra então poder seguir o coração.

(Algo me diz que ele vai me levar até você.)

Quem disse que o amor é cego
Talvez não tenha percebido
Que amar é enxergar os defeitos
E ainda assim continuar a amar.

(Eu tô tentando descobrir os seus.)

Eu tava acostumado (ou pelo menos eu achava estar) a sentir saudades depois de uma despedida.
Que estranho, sentir isso sendo que você tá aqui do meu lado.

A vida é uma grande festa. A sua festa.
E, bem...
Talvez alguém apareça sem ser convidado (e isso pode ser bom ou ruim).
Talvez quem você convidou não possa comparecer (não é o fim do mundo).
Talvez você conheça alguém que esteja arrumando a bagunça (ou talvez ela passe despercebida).
Talvez alguém que você achou que te ajudaria a arrumar acabe bagunçando tudo (acontece...).
Talvez as pessoas tenham que lidar com problemas em suas próprias festas, e isso vai tirá-las da sua por algum instante (você também vai ter que fazer isso).
Mas, talvez, elas tenham deixado os problemas das festas delas de lado pra estarem na sua (e vai fazer isso também).
Talvez elas estejam preparando uma surpresa (elas vão, elas se lembram, não pense que não...).
Talvez...
Se você se preocupar, talvez você não curta. Tudo bem, eu sei, há muito com o que se preocupar e às vezes a gente faz a festa para os outros.
Mas já imaginou não curtir a própria festa?
A vida é uma grande festa. E aí, você está curtindo a sua ou tá só organizando a dos outros?

Ninguém precisa perder
E nem ser derrotado
Pra você vencer na vida

(A vida não é competição.)

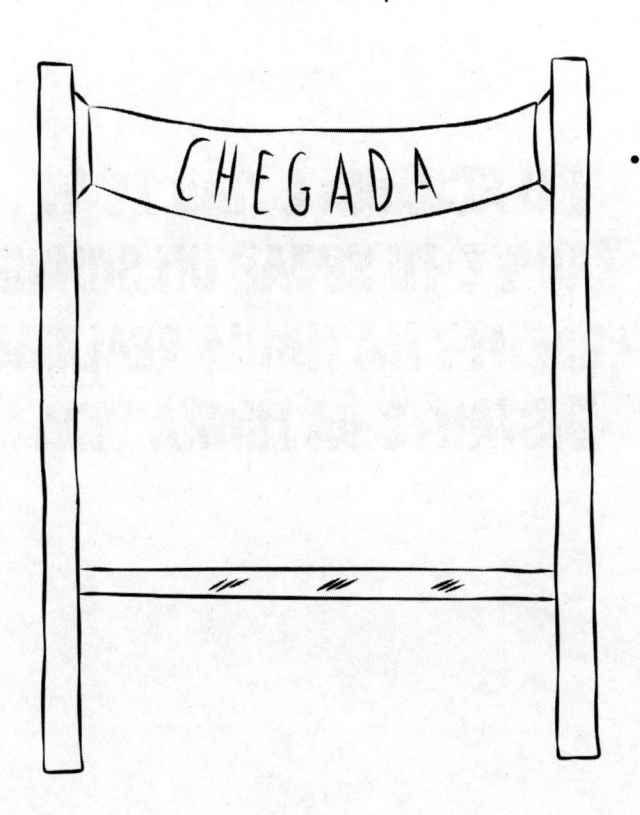

Eu acordei e não te vi.
Talvez tu sejas um sonho
Presente na minha realidade
Distante da minha vida.........

Eu dizia que tu tinha meu coração
E tu me lia pela notificação.

(Alguma vez tu clicou em vez de deslizar?)

• •

Hoje o dia me sorriu
Mas não quando o sol raiou
Foi quando ela sorriu
E o meu mundo brilhou

Aprendi a domar leões.
Mas ainda apanho das
borboletas
Dando voltas dentro
de mim.

**Eu cheguei até você
seguindo as batidas do meu coração.
Dizem que o amor é cego.**

Eu queimando de paixão.
Não consigo ligar pros bombeiros.
Estou ocupado falando com você.

Ela chegou
E ficou.
E ficou.
E ficou.
O que a manteve aqui eu não sei.
Seja lá o que for, que continue assim.

Em um mundo onde todos querem ter razão
Ela insiste em demonstrar sentimentos.
Talvez você ache que ela seja louca.
Louco é você em achar que o amor é coisa pouca.

Não há razão nos meus passos.
Cheguei aqui movido pela paixão
Pelo amor que carrego no peito.

(Já que estou aqui, vou me divertir.)

E eu,
Que sempre quero ganhar
Na luta para não me apaixonar,
Entrei para perder…

Tamanha era a sua confiança
Que me dava liberdade.
E por ser livre é que me prendi.

Cego
É aquele que não vê a sua
aparência
Mas sabe da sua beleza
Por enxergar a sua essência.

O amor é cego.

No começo, pensei
"Ela é louca"
Só porque ela
Enxergou beleza
Em meio ao caos.
Mas depois eu percebi
Louco sou eu
De achar que a beleza
Está nos padrões.

Em todos os universos paralelos, ao menos naqueles em que eu te conheci, eu me apaixonei por você.

Sabe, dormir com barulho de chuva é maravilhoso.
E também, de certa forma, é fácil.
Lá fora a chuva cai desde antes das 22 horas.
Então, como é que eu estou digitando este texto?
Pois é, eu não consegui dormir. O barulho do meu coração está tão alto que é basicamente a única coisa que consigo ouvir.
O pensamento anda constantemente indo te visitar, ainda que eu nem saiba onde você esteja agora.
Mas ele sempre te encontra. Seja no seu sorriso (cuja existência faz eu me perder), no seu olhar, no seu jeito de me cuidar. Talvez eu esteja de fato apaixonado. Isso pelo menos me serve pra explicar a razão de eu não estar dormindo agora (e a razão pela qual eu já deva ter aberto a nossa conversa pelo menos umas nove vezes). O último dos seus *stories* tem uma visualização minha. Devo ter visto umas 28 vezes.
Eu espero que não tenha ido nenhuma notificação de curtida, especialmente daquela sua foto de 2015. Isso me denunciaria, apesar de eu achar que tu já saiba que é de você que eu estou falando.
Aliás, tu deve estar sabendo antes mesmo de eu perceber.
Eu só espero que você esteja dormindo agora.
Seja com barulho de chuva ou não.

Sobre nós,
Estávamos, de Fato, enrolados
Mas não tínhamos nenhum laço
E nem mesmo nós.

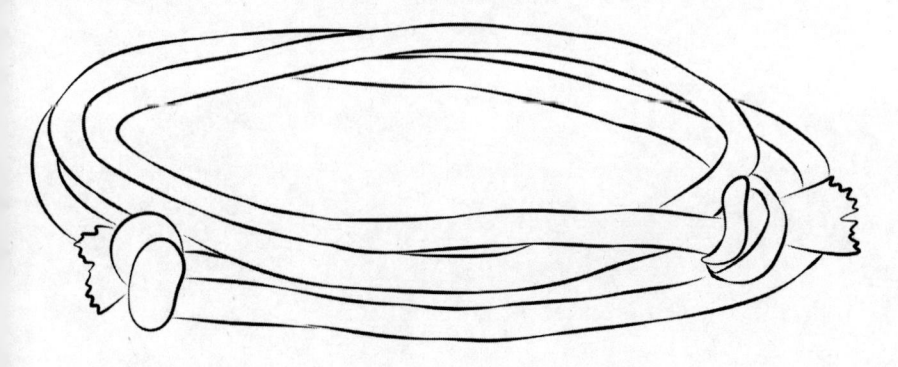

Desculpe ter te ligado de madrugada. ....
Eu deveria estar bêbado,
Mas, não, eu tava sóbrio.
Maldita hora que o orgulho baixou a guarda...

Esse teu sorriso
Me destrói os muros
E constrói pontes
Pra unir nossos corações.

(Nem a muralha da China resistiria.)

Enrosco minha mão no seu cabelo
Envolvo sua cintura
Entrelaço nossos dedos.
Estamos presos um ao outro.
Quem disse que eu quero ser livre?

(Unimos nossas almas,
Demos sentido às nossas vidas.)

As coisas tomaram um rumo inesperado
Mas isso não quer dizer que é algo ruim
Só não era o que havíamos planejado
Acredite, pode ser que seja melhor assim.

Eu quis fugir de você.
Ainda quero.
Fugir de você e do mundo.
Fugir de você e de mim.
Pra algum lugar onde pensamento algum me alcance.
Pra algum lugar onde o medo não domine todo o meu ser.
Pra algum lugar onde eu possa ser o que eu de fato sou.
Pra algum lugar onde apenas importe estar, e onde eu queira estar.
Mas já não posso fugir.
Esse lugar
é você.

(Já diria Skank, onde quer que você vá, que você me carregue.)

Te bloqueei em minhas redes sociais
E seu telefone já nem tenho mais
Mas pra você não invadir meus pensamentos
Eu ainda não descobri como é que se faz.

Viajei o mundo.
Mas meu destino favorito
Continua sendo você.

Nunca liguei de tirar
Um pedaço de mim
Pra ver alguém sorrir.
Meu rosto desfigurado
Quando me olho no espelho
Traz um largo sorriso.

O MOTIVO DE TANTA PREOCUPAÇÃO ERA SABER QUE NÃO TINHA NENHUM PLANO DE AÇÃO.

Você está no lugar que queria estar agora?
Não digo do local físico que você ocupa, embora isso também seja importante. Digo do lugar ao Sol que você tanto procurava e, olhe pra trás, veja quantas batalhas você superou.
Você alcançou esse lugar? Você chegou ao topo da montanha? Ou as coisas estão tão nubladas por aí que você mal consegue ver o que está acima? Ao chegar ao topo, você verá que haverá um lugar mais alto. Sempre haverá.
Deixe um novo dia raiar, deixe essa neblina dissipar. A corda pra sua subida está na sua frente. Você a enxerga?

Sou um contador de histórias. Desenho e executo
finais imaginários para histórias reais.

O fone de ouvido no
último volume já
não é mais refúgio.
Não consigo mais
fugir de você.
Tu dominou meus
pensamentos.

(Talvez eu esteja
gostando de você.)

Eu achei que era insônia
Não dormir todas as noites.
Na verdade, era só você
Visitando meus pensamentos.

Tomei doses de amor próprio.
Quando a conta chegou, me assustei.
Pensei que era arrogância.
Mas depois percebi que sou mesmo incrível.
E não há mal algum em admitir isso.

Minha sanidade mental sempre morou em meus gestos insanos.
E então, quando mudei os meus planos e pensei em meus atos, enlouqueci.

Talvez você não saiba,
Mas em algum momento
Para alguma pessoa
Você fez a diferença.
Talvez você não saiba,
Mas em algum lugar
Para alguma pessoa
Você fez a diferença.
Talvez você não saiba,
Mas ao dizer aquelas palavras
Para alguma pessoa
Você fez a diferença.
Talvez você não saiba,
E nem consiga imaginar
Que para alguém
Você faça a diferença.
Talvez você não saiba.

Talvez, nem eu.

EU TIRO 15 FOTOS MINHAS. NÃO GOSTO DE NENHUMA.
VOCÊ TIROU UMA (TALVEZ DUAS), E, BEM, EU GOSTEI.
TEM ALGO NELA QUE EU NÃO SEI DIZER.
SERÁ QUE É ASSIM QUE VOCÊ ME VÊ?

Sempre ouvi as pessoas me dizendo "se cuida" e,
bem, isso nunca fez sentido.
Até que você chegou, e eu encontrei enfim razão
pra cuidar de mim.

Fiz de mim calmaria e as borboletas se aquietaram.
E aí você chega, faz o coração bater acelerado, e, bem...
Se qualquer brisa já as faria voar, imagina esse turbilhão
que você causou.

Meu bem, eu sei que às vezes parece que tudo vai ruir e que você vai cair...
Deixe cair...
Deixe cair essa máscara que a sociedade lhe pôs (ou impôs).
Deixe cair essa roupa que não lhe satisfaz (e que você odeia, diga-se a verdade).
Deixe cair a lágrima que você insiste em segurar.
Deixe cair seus cabelos sobre suas costas, sobre seus ombros que tanto lhe pedem emprestado.
Deixe cair a água sobre todo o seu ser, e, enquanto isso, cante com todas as forças aquela sua música favorita (quem nunca cantou no chuveiro?).
Deixe cair suas pálpebras, cerrando seus olhos tão cansados de ter que enxergar além do que se pode ver.
Deixe cair seu corpo, sedento por repouso.
Permita-se cair, por que não? Eu sei que você tem forças suficientes para se levantar (se achar que não, estarei aqui).
Meu bem, você é incrível. Talvez você ainda não tenha percebido... Mas uma hora ou outra vai perceber. É só deixar cair a ficha.

Tu,
Do alto do teu 1 metro e sei lá eu quanto
De repente me abraçou
Me envolveu
E eu então fiz do teu abraço minha fortaleza.
Estou protegido
Do mundo e de mim.

(Quero me mudar pra dentro do teu abraço.)

A chuva que cai me faz ver
Que, nesses tempos, é preciso chover
amor.
A gente acha que o tempo tá seco,
Mas secas mesmo estão as pessoas.

Eu chamava de amor
Ela de aventura.
Mas com ela vivi minha maior
aventura
E ela descobriu o que é o amor.

Eu tô aprendendo a me aceitar.
Eu tô aprendendo a ver tudo o que eu já fiz.
E o que eu faço de bom.
E o bem que talvez eu faça pras pessoas.
Talvez por eu ainda não ter essa certeza.
Eu tô tentando aprender com os erros.
Eu tô tentando aceitar que os erros existem.
Eles podem existir, e eu vou errar.
Faz parte.
Eu tô tentando não me diminuir.
Eu tô tentando.
Eu tô tentando.
Talvez não seja muito.
Mas é um começo.

Eu tive medo.
Mas eu não tinha outra opção a não ser seguir em frente.

De tudo que eu poderia oferecer só o que ela queria era distância.

Eu escolhi ser saudade.
Você me esqueceu.

．
．
．
．
．
．
．
．
．
．
．
．
．
．
．
．
．
．
．
．
．
．
．
．
．
．
．
．
．
．
．
．
．
．
．
．
．
．
．
．
．
．
．
．
．
．
．
．
．
．
．
．

Não é questão de ser raso
É questão de eu logo me encher,
De amor me preencher…
E transbordar.

Que bom que o mundo
Não gira a meu redor
Não ia dar certo
Sair de órbita
A cada sorriso seu.

QUALQUER DIA, EU FAÇO TUDO DIFERENTE SÓ PRA VER TEU SORRISO VIRAR A MINHA ROTINA.

É DIFÍCIL ADMITIR O PRÓPRIO ERRO.
MAS É PRECISO RECONHECER.
ACEITAR.
ENTENDER QUE AS NOSSAS DECISÕES FORAM TOMADAS COM BASE NA NOSSA EXPERIÊNCIA NO MOMENTO.
É PRECISO PERDOAR.
APRENDER.
CRESCER.
E SABER QUE O ERRO NOS LEMBRA QUE SOMOS HUMANOS, E QUE PODEMOS, CONSTANTEMENTE, EVOLUIR.
EU ERREI. PASSADO.
QUE EU SAIBA DISCERNIR PRA NÃO ERRAR NO PRESENTE.

Você dorme, mas já não sonha.
Seus sonhos se tornaram realidade?
Ou sua realidade que virou pesadelo?

Você teve um dia pesado e tá aí, tentando lembrar quão produtivo foi o seu trabalho hoje.
E então você percebe que tudo tem fugido um pouco do controle e acha que o seu ano não tem sido produtivo.
Na verdade, os dois últimos anos, e também os dois anteriores e... Talvez seja melhor tirar o foco do trabalho e desligar, por algum instante que seja.
Mas você fugiu da dieta, discutiu no grupo da família, pediu *nude* pro contatinho errado.
Acredite, você não é essa sucessão de erros. Lembre-se de que, apesar disso tudo, você arrancou alguns sorrisos nas suas conversas, que aquele seu parente realmente precisava ouvir algumas coisinhas e que o brigadeiro que você comeu foi presente (o sorvete foi por sua conta, aí você precisa sentir culpa mesmo).
Lembre-se de que o seu trabalho "improdutivo" resolveu no mínimo umas oito situações só essa semana.
E, bem, lembre-se de que eu tô aqui. Se eu souber que você se sentiu melhor depois de desab(af)ar comigo, eu vou ter a certeza de que o meu dia foi produtivo.

Eu planejei a minha vida contigo
Mas quando você chegou
Eu já tinha desistido.
(De mim.)

Vi as fotos antigas, Bateu saudade. Quis voltar no tempo, fiquei só na vontade.

Nós nos amamos muito.
Continuamos nos amando.
Só nos apaixonamos em momentos distintos.

Não, a vida não é essa eterna luta pra se sentir capaz. A vida é mais do que isso. É, não é? Bom, pelo menos eu prefiro acreditar que é. A gente vai construir a vida com base em experiências em que não se tem avaliação. Amores, amizades, sabores, lugares, momentos.
Nada de notas ou julgamentos. Apenas você, nos seus momentos não acadêmicos e não profissionais. Apenas você, nos seus momentos de não obrigação.
Momentos de parar, respirar, contemplar o horizonte e agradecer a Deus.
A vida é o que acontece depois do expediente, antes da aula. É a história no bar, o churrasco de domingo e o bate e volta de sábado.
A vida é este 1/3 de vida em que a gente não dorme, não trabalha, não estuda. Apenas vive.

(Como vai a sua vida?)

Então eu lhe disse "minha vida não te interessa", não por não lhe dizer a respeito, mas por não achar que fosse interessante para ela.

Sobre nós
Havia química
Rolava física
Mas quando na matemática •••••••••••••••••
Ninguém soma
Não vira história.

.... Fui beber pra te esquecer.
Te chamei pra ir junto.

Será que há vida universo afora?
Naquele dia, essa pergunta não permeou meus pensamentos. Havia um brilho no seu olhar. E então você sorriu e eu saí de órbita. Meus braços a envolveram como os anéis de Saturno.
Você também me envolveu.
Meu mundo era ali, dentro dos seus braços. Seu abraço era agora o meu universo particular. Há vida no universo.

Tem quem queira conhecer
O íntimo do seu ser
E quem só queira gozar
Da intimidade do seu corpo.

Dizem que, enquanto dormimos, nosso espírito sai do corpo e vaga por aí. Quando você sonha com alguém, é porque o espírito da pessoa veio te visitar, e é nos sonhos que vocês se encontram.
Não sei se tenho aparecido nos seus sonhos. Mas acredito que meu espírito tenha ido aí.
Só isso explica o fato de eu acordar tão cansado, e, ainda por cima, com um sorriso no rosto.

Diz a teoria do caos
Que o simples bater das asas
De uma borboleta
Pode causar um tufão
Do outro lado do mundo.
Que efeito terá,
No meu universo,
Essa centena delas voando
No meu estômago?

Enquanto eu contemplo a beleza da Lua
Agradeço por ela estar também te iluminando.
Poeticamente, estamos vendo o mesmo céu.
Nossas almas estão entrelaçadas
E o coração bate no mesmo compasso.
Se estamos vendo a mesma Lua,
Digamos que estamos juntos.
Sente esse vento frio arrepiando a espinha?
Talvez a gente não deva ficar aqui fora.
Vamos pra dentro. Pras cobertas.
Não se preocupe com a saudade.
Vem me visitar nos meus sonhos.

Nem tudo são versos
Nem sempre é poesia
Pensamentos dispersos
É que ditam meu dia.

Só conto histórias
Todas elas reais
Momentos de glórias
E sofrência demais.

Eu vivo o amor
Eu sofro com a dor
Mas sigo em frente
Seja lá o que for

Talvez eu seja louco
Um maluco desvairado
É que escrever alivia um pouco
Meu coração apertado.

Que eu nunca me esqueça
Que tenho o meu valor
Que quando eu estremeça
Eu lembre de quem eu sou.

Direção: Hélio Matukawa
Ilustrações: Flávia Santos
Ilustração colorida: Yukai
Prefácio: Amanda K L Ribeiro
Diovana Machado
Flávia Santos
Nanda Gayo

Projeto Editorial

Coordenação: Roger Conovalov
Diagramação: Sara Vertuan
Capa: Lura Editorial
Revisão: Mitiyo S. Murayama

Impressão e Tipografia

Impressão: PSI 7
Capa: Lura Editorial
Fontes: Adobe Garamond Pro
A little sunshine
Amsterdam
Bright Sight 02
Brother
Italo

Agradecimentos especiais

aproveito e curto obrigado

deixo meu agradecimento a todos que me apoiaram e a você que comprou esse livro

CENAS EXTRAS

Penso que a paz é algo próximo àquele abraço que demos.
Não houve guerra interna que não entrasse em paz naquele momento.
Não houve conflito em minha mente.
Não houve preocupação alguma.
Há quem não saiba que forma a paz possui.
Há quem a busque em silêncio.
Há várias maneiras de encontrar a paz.
Que você encontre a sua.

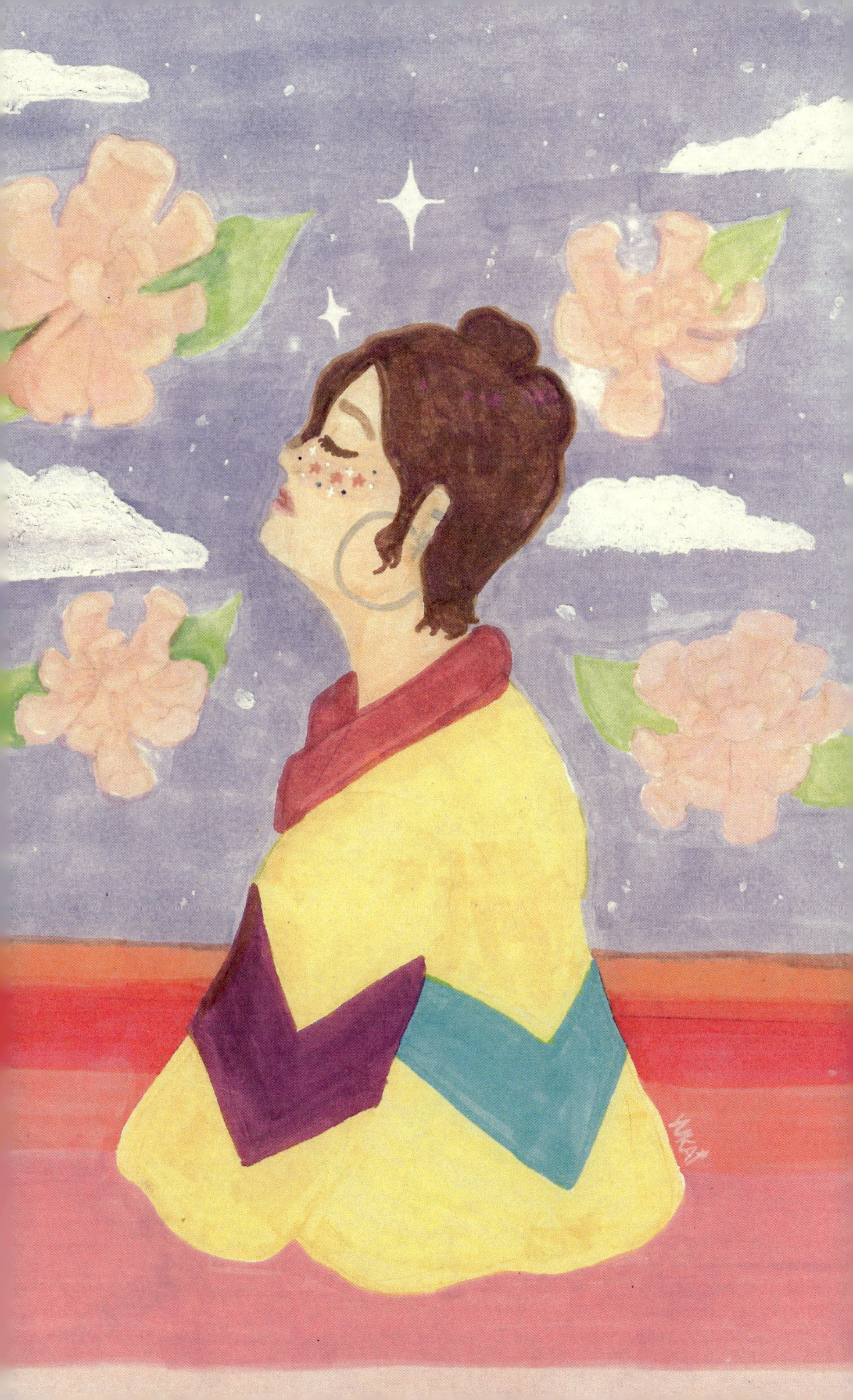

VISITE AS PÁGINAS OFICIAIS

@heliomtkw

@heliomtkw

@heliomtkw

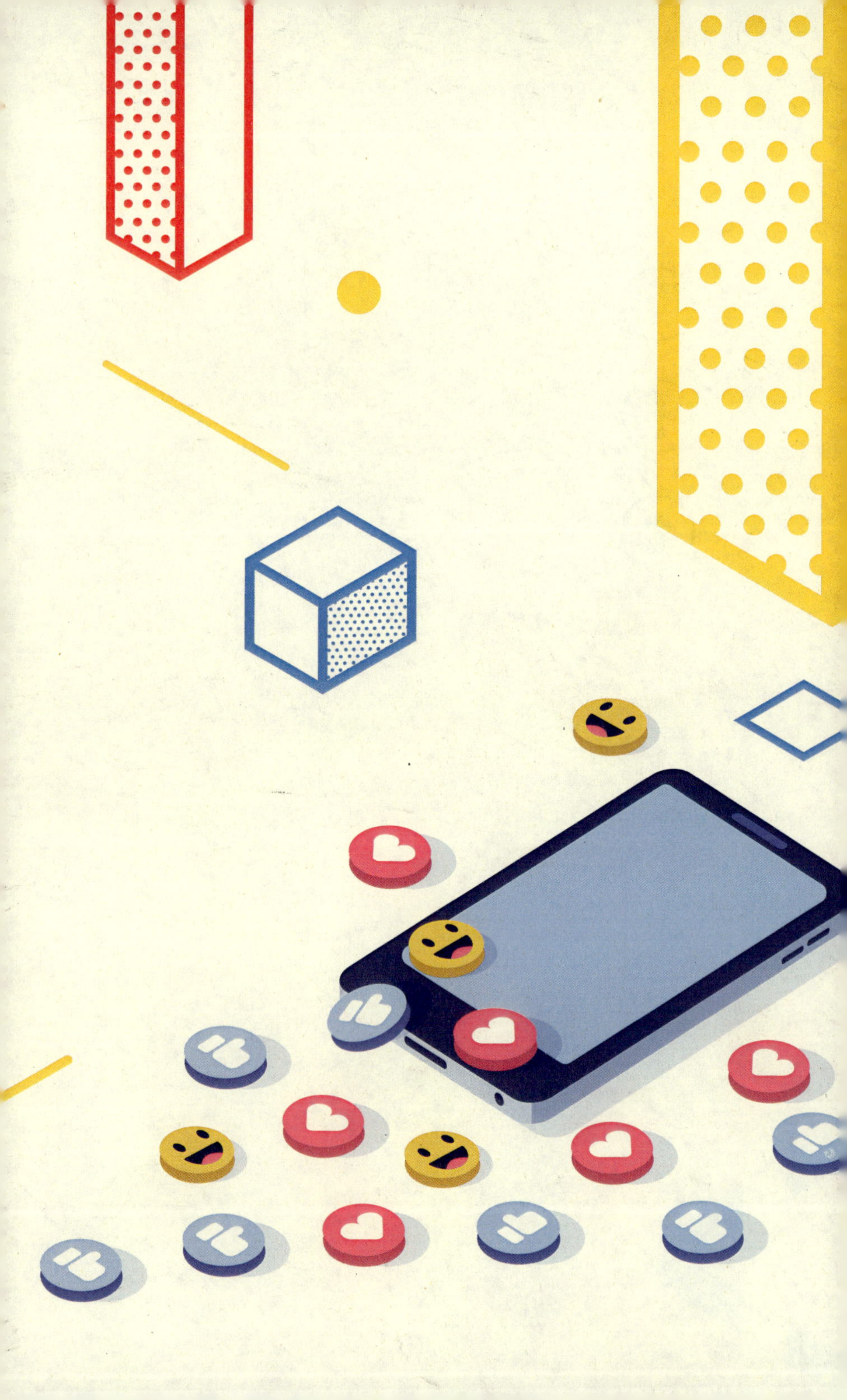